無二

MUNI

佐怒賀正美句集

SANUKA MASAMI

ふらんす堂

無二／目次

句集

無二

第一章

蜜柑密度

二〇一四年

蟻の巣の迷路やここも自転中

鳴神の沖に親しや八束句碑

福井県三国　石原八束忌

大花火首都は眼底さらしたる

父八十七歳

誤報出撃せし父にして生身魂

星の座に待たれてゐたる烏瓜

駱駝の国へ返すメールや星月夜

津軽へと機翼は秋を梳きながら

津軽　七句

するすると片町のびて湾澄みぬ

鬼灯や何度も生かす地獄絵図

舟小屋に鶏の寝てゐる秋日和

星屑のほどの林檎の中に泊つ
白雲の映ゆるかぎりに林檎生る

巻帯を解きゆくごとき黄金田よ

カレンダー裏の光沢虫すだく

金色をひと刷け秋の木靴かな

箴言一気に凝縮したる柘榴の実

飛入りのやうに斜めに笑ひ茸

次女暁子　エジプト留学中

小春写メール娘《こ》が抱くエジプトの子猫

師の句碑に始まる緩斜落葉の譜

中央大学・多摩キャンパス

伊予人の蜜柑密度の破顔かな

宇和島市吉田町

浜離宮　二句

潮入の池や出船の音冴えて

大いなる離宮の枯や首が鳴る

添ふる手も大切冬のホルン吹く

宇和島市吉田町　加賀城燕雀さん

子も登る星の斜面や蜜柑山

第二章

南十字星

二〇一五年①

世界クルーズ（二月一日〜二十三日）四十句

アフリカの顎骨あたり飛ぶ二月

空路いま脱ぐ冬雲のうすみどり

南アフリカ・ケープタウン　二句

灼岩が立つマンデラの国の端

天にマンデラ涼しき朝のイルカ家族

ナミビア・ウォルビスベイ　三句

仮面売る暑き砂漠に囲まれて

青空の際に砂丘の吹き上がる

星芒や砂漠をすべる春の蛇

千田栄子さん（ソプラノ）
暑のこもる霊歌や海の闇を曳く

夏の灯の船のボサノバ手風琴

ヘルマントリオ＆Koji

船揺れに夜涼絡めてジャグリング

ミス・サリバン＆Higgs

朝涼や波の筋肉すべり航く

林家染雀師匠

洋上の噺の加速夜涼かな

カーニバル見にゆく船に昼寝かな

三遊亭絵馬師匠

難題に応へ紙切る涼しき目

ブラジル・リオデジャネイロ　八句

リオカーニバル前夜の南十字星

なほ砕けつぐ音リオの天の河

入港のリオ朝鐘の涼しさに
甲板に独り歌つて暑になじむ

べた凪や客船リオの岸塞ぐ

港暑しデッキに流れくるサンバ

塵埃あり虫も人も暑に生きて
路地口に子の目が返す暑さかな

リオのカーニバル　七句

大雷雨リオのサンバの光るなり

カーニバル花火に椰子の影浮かぶ

乾坤の灯の奔流やカーニバル

食虫花百舞ふ暑きカーニバル

カーニバル虫の神とて群舞せる
群舞とて紛れぬ肢体カーニバル

山車の上に皆で脱ぎ捨てカーニバル

リオカーニバル翌朝淡白なる竜果

竜果……ドラゴンフルーツ

ココナツ水旨しボサノバ流す浜

ブラジル・サントス

涼しさや入港審査官と朝餉なす

アルゼンチン・ブエノスアイレス　七句

空つぽの貨物船来る朝涼し

夏雲雀無韻コンテナ吊る轟音

コンテナを積み片陰をすこし積む
ロープ十本コンテナを吊り灼け移る

コンテナを移すに宙に半裸なり

望郷の第三象限秋の虹

空路　ブエノスアイレス〜パリ〜成田　二句

旋回しパリに着陸一気に冬

白鯨の夢から覚めて梅愛づる

第三章

葷酒歓待

二〇一五年②

マチスならどう描く花の坂の奥
戦しない春が好みですっぴんで

尾は虚数ここが捨場で蝌蚪の国

ひかがみに銀座の微雨や猫の妻

霾《つちふる》や水先人は飛び移り

向島百花園

こめかみも亀の首根も春暑し

春日部市牛島　二句

藤波を抜けて宇宙へはみ出しぬ

宇宙よりうねり立ちたる千歳藤

文挾夫佐恵さん一周忌

青葉して百寿ののちの一周忌

宮城県田代岳（箕輪山）

核ゴミ厳禁葷酒歓待青い山

放射性指定廃棄物最終処理場候補地

白亜紀のくがねの河床滑る蛇
空豆にファラオの眉の如きもの

那須

山の緑も殺生石も押し寄せる

白河

座頭ころばし奈落の暑き虫界変

神奈川県三浦市松輪（江奈湾）

特攻艇隠せし洞や梅雨の月

父若き日の特攻艇「震洋」訓練地

一点之《しん》繞《ねう》二点之繞かたつむり

羅や星の夜風に織られたる
星の恋地球の裏側から晴れて

福井県三国

八束忌や磯ひよどりの三《さん》世《ぜ》ごゑ

鮫も酔ひ痴れよと瀑布花火かな

西日暮里　本行寺（月見寺）

墓碑越しに人見る猫や百日紅

蚊の姥と磴《とう》も半ばや湖の島

核の世の海の獏なりあめふらし

鵺《ぬえ》こもる七十年談話敗戦忌

蓮は実にこれＥＴのなりすまし
なま甘き牛筋カレー処暑の雨

猫といふ癒し夕やけだんだん秋

夕やけだんだん……台東区谷中銀座へ下る階段状坂道

蜩や墓の辺に棲み夢追ひし

昔住みし下宿　谷中四—四—一八

深大寺・鬼太郎茶屋　五句

妖怪の珍《うづ》の父子や夕かなかな

生粋の猫のジゴロや曼珠沙華

一反もめん舞ふ秋麗の鐘の音に

秋や護憲妖怪ぬりかべは味方

角大師の肋へらへら処暑の雨

琵琶湖めぐり　五句

台風の目より大きな淡海かな

太虚あり秋意に寄する周航歌

上洛は淡海に沿うて葛の花

稲《いな》滓《し》火《び》の匂ひの残る余呉の湖

秋寂びの捥《も》げたる大笑面の首

西野薬師堂

次女暁子

栗食うてぐだぐだ言うて嫁げさう
奪衣婆にとほき子の歌水の秋

追悼　松本旭先生

児らの歌流るる秋の夜を悼む

都市に根を下ろす鉄骨黄落期

杭百本地下へ打込む神の留守

鉄骨にベビー毛布の飛んできぬ

口舌を烈しくそろへ亥の子唄

宇和島市吉田町　二句

天近き蜜柑に負けず蝶ひかる

プルーストは籠り私はサンタする
私はティッシュ微笑返しの聖夜

第四章

地下噴水

二〇一六年

初空やましら渡りは虚もつかみ

苦労話しない象さん年明くる

山口県下関　三句

海峡の暁の淑気をたもとほる

初旅や馬関へ方違へめき戻る

荒石を盛る平家塚冷たしや
殺さずに追出す慣ひ鬼やらひ

立春やまた戻りくる愚図り鬼

天翔けし首が降り立つ蝶の中

荒神の放吟したる雪解川

ジパングのここら丹田蕗の薹

春光や言訳しない我が蛇行

地虫出てみれば地上の速度感

白梅や髪なびかせて逃ぐる鬼

宇宙地球草餅いびつ寧らけし

金の輪を春の水もて描きあげる

熟《こな》るるや自転の生みし春の海

もう一周多く走る子さくら咲く
異界から崩れてきたる花吹雪

恐竜に惚れる恐竜濃陽炎

虫獣の魂も雲霞や花の宴

軽からぬ大人《うし》の魂なり四月馬鹿

母子して忘れぬ保湿さくら餅

青柳フェイさん来日

海越えし長途の果ての花行脚

天河より真昼の風や鯉のぼり

長野県牛伏寺　義父橋本喜典歌碑建立式

歌碑へ魂吹込む護摩を焚く五月

すぐに立つ栗鼠の尻尾や青嵐

箱庭に幽霊の出る闇つくる
ナックルのやうに笑みくる蝸牛

日も月も恋ふ還暦や梅雨夕焼

黴の国見てゐる王子と点灯夫

黴の宿出て快走のプードル犬

還暦は昼のささくれ大南風

骨の恐竜恥づかしさうや梅雨の底

ソーダ水はるかに恐竜の目がうごく

吹抜けの地下噴水に立つ女神

絡むに幽霊は怨《ゑん》のうぜんは性《さが》

のうぜんや天辺になほ未知の歌

蟬時雨いつも行きつく行き止まり

さるすべり星座はいつも古典的
岩手県遠野
台風の目が赤くなるデンデラ野

追悼　老川敏彦さん

たましひに映る大河や涼新た

新涼や詩書に仕上がる紙ロール

喉越の良さささうな星流れけり

頭を抜けて吹き拡がるや流星群

水澄むや化生のものを呼込む詩
どの魂がどの鈴虫かあふれだす

追悼　吉田未灰さん

露けしや山びこ曳いて世を去りぬ

紅葉狩たまに助けてくれる鬼女

追悼　中村二三恵さん

忽と去り星河に息を取りもどす

水鳥の夢に気流のきはやかに

渡良瀬遊水地

走りだす葦原の声冬に入る

追悼　伊藤桂一先生

戯れに水鳥と飛ぶ大人の魂

第五章

地下舞踏

二〇一七年

早起きは苦手初富士待たせたる

苔敷いて蠟梅の金押し上げる

比叡山　三句

水湊や降魔の相がなかぞらに

冬三日月霊峰の水めぐる街

法灯や闇をつらぬく凍柱

胎児はや指を吸ひをり春の雪

京都　九句

穴出づる蛇の目いくつ鞍馬山

嵐山

山もとの霞つのりぬ大《おほ》堰《ゐ》越し

天龍寺

眼球の奥のつながり水温む

南禅寺

春めくや石庭に石生まれさう

嵯峨

次の世の竹林明かり春時雨

知恩院

大鐘や春の池泉をつつみ鳴る

大原

鳶匂ふごとく舞ひをり小野霞

小野霞……西山一帯にかかる霞

三千院

落飾の果の草生やしゃやぼん玉

音無の滝

いい場所は男女にゆづり春の滝

竜天に登り弾道見極めむ

かげろふや肉体滲みだす巨石

蝌蚪生まる星の爆発から遠く

自己愛を解凍しつつ四月馬鹿

春の夜やスクロールして鯨瞰図

田鼠化して鶉となりふむふむ

星に継ぐ血の全量や青き踏む

長女蒔子に長女ゆきの誕生

黄金週間そして産道抜けて世に

姪の琴美結婚

青葉婚いやさかの雨ひとしきり

山形　二句

山藤のゴスペル風《ふう》にかかりけり

鯉のぼり詩歌の奥の佳き自由

義父橋本喜典の齋藤茂吉短歌文学賞授賞式に随行

北海道　六句

リラ冷の塔にデジタル時計の灯

石狩市弁天歴史公園　有馬朗人句碑

しほかぜや若草に浮く句碑一つ

先駆けの玫瑰の芽の真紅　有馬朗人

はまなすの丘公園・開拓者慰霊碑「無辜の民」像

古草や悲の一塊をはみ出す手

紅桜公園　島恒人句碑

蟻攀づる句碑の量感蒼むなり

地雲雀のこゑが瀬をなす日照雪　島恒人

歯を見せて梁に涼しき千の鮭

白老町・ポロトコタン・アイヌ民族博物館

再会やカレー饂飩に汗噴いて

南極料理人こと西村淳さん&みゆきさん夫妻

宮城県荒沢湿原田谷池沼　二句

銀蘭に始まる熊の出る小径

親子熊いづこに遊ぶ新樹林

褻《け》に拓く中年の詩や梅雨茸

次女暁子

白南風や臨月といふぬめり感

ごきぶりの仮死より覚めて頼りきぬ

マンホールに刻む帆船虹ひらく

次女暁子に長女花誕生

涼しさや溺れかけつつ世に出づる

福井県三国　石原八束忌

句碑のぼる舟虫無我にして一気

恐竜行きバスに駆込む白日傘

夕虹や現れたる砂州の果てに城

神鳴がつながりだして赤子笑ふ
天の川下りといふにいくうねり

八方を愛でつつ星河下りかな

阿《ア》弖《テ》流《ル》為《イ》と星河に息を吹返す

まなざしを彩る記憶生身魂

空中水槽めぐるペンギン秋の虹

秋田県湯沢市

蜻蛉の目小町になつて去りにけり

多摩動物園　三句

新涼や寝相てんでにカンガルー

秋虹へパラレル親子キリンの首

秋光やチーター寝返り尾もくるん

鳥たちの時間に入り込む秋思

蟄虫坏戸《ちつちゆうとをふさぐ》虹の欠片は入れてある

水澄むや宙吊りの詩の飛びちる炎《ほ》

テノールの声の肉づく水の秋

移りゆく記憶のくびれ秋の川
秋の川人にしたしみよみがへる

こほろぎや赤子の夢をつくる風

原発も武器も発禁烏瓜

無二の世を落葉の孔《あな》の網目越し
肉体の柱の見ゆるコートかな

マフラーの長きが散らす宇宙塵

冬紅葉末生の星の位を想ふ

第六章

聖獣悪魔

二〇一八年

あらたまの新たな客に赤ん坊
初泣の赤子に侍る日と月と

やや焦げて予定調和や雑煮餅

もぞもぞと冬眠かさこそと万骨

につぽんが雪のエクレア赤子添《ぞ》へ

こめかみに宇宙の脈や寒に入る

アジアクルーズ　三十八句
クアラルンプール　二句

着陸に湧く幻影の椰子の森

油椰子の葉はバサバサと悪魔打つ

マラッカ海峡

海賊の凱歌は遠く暑にけむる

赤道へクルーズ船と向き直る

生も死もこなれ合ひたる海の碧
赤道を越ゆるに挙《こぞ》る鯨波かな

インドネシア・セマラン　二句

先導は真赤なパトカー椰子の道

椰子の実の見守る田植始まりぬ

ボロブドゥール遺跡　二句

仏陀五百護る大仏塔にスコール

大仏塔密林の香のスコール来

インドネシア・バリ　十句

やんまの目の動きはバリ舞踏の目

朝涼や辻の女神に饌《せん》ささぐ

女身仏の影あめんぼに及びたる

暑に伸ばす鉄束子めく巨舌かな

大棚田はみ出すバリのつばくらめ

神の上に神ありバリの日雷

熱帯に刻み継ぐ声ケチャ群舞

聖獣悪魔バリに舞ふなり跳なる

聖獣の暴れずに舞ひ暑をもどる
スコールやバリ蠟《らふ》纈《けつ》の蠟にほふ

コモドドラゴン大夕焼を更新す

インドネシア・コモド島

夜涼なり星をつまんで花びらに

中島弘幸さん（マジシャン）

和太鼓にこぞる真夏の海の霊

小泉謙一さん

赤道の夜の魂あらし津軽三味

山中信人さん

柿崎竹美さん

赤道の神へと秋田おばこの唄

スコール去り老人星のすこやかに

船長のいちばん好きなかみのけ座
弾力ありスターフルーツの輪郭

英霊に触れよと供花を南溟に

レイテ島沖にて

朝涼し子らのマーチが港に待つ

フィリピン・コロン島　三句

追悼　金子兜太先生

赤道は魂帯び兜太を招く虹

ランタナの長途の人を待つこころ

マニラ　ホセ・リサール記念館

革命の悲史火炎木の明るさに

篠原もとこさん

顔ヨガの朝焼崩すあつかんべー

音になり音を生みつぐ夜涼かな

山中千尋さん（ピアノ）

アカペラのバリトンが締め夏の航

竹村淳さん

横浜港　二句

旅鞄曳いて下船や木の芽風

港から春は始まりかもめどり

初節句の孫二人に

妻折りぬ十体二組の飾り雛

蛇穴を出でて自己愛かがやかす

死爪を浄めてからの花の闇

うららかな石庭シャツの背に鯨

京都・東福寺

鯤《こん》ほどに皇居より伸び花の雲

櫻井郁也ダンスソロ　二句

春の夜の未生の悲歌や地下舞踏

舞ひ絞る未生の春の踠《もがき》なり

銀河鉄道どの車窓にも桜餅

鉄骨抜いて地下編み直す朧かな

亀鳴くや石化の兆しほぐさんと

長野県上田

無言館の魂よ出でよと雉子《きぎす》鳴く

獏も鵺《ぬえ》も出るに至らず青葉の夜

聖五月眠るには小さな空でいい
不協和音の街はむらぎも大南風

ででむしを
ちりばめ
星空めく行路

あめんぼの
息に彩色して
みたし

以上二八八句

あとがき

本書は二〇一四年後半から二〇一八年夏頃までの諸作を収めた第七句集である。この四年間は、語学辞典編集を担当してきた小学館を早期退職して、俳誌「秋」を中心にした俳句活動に専念し始めた時期でもある。二〇一五年と二〇一八年の二度、それぞれ三週間ほどの海外クルーズに参加できた。俳句教室の講師としての貴重な体験でもあった。

この二つの長旅の収穫は、言葉で言い尽せないほど大きい。未知の世界の見聞はもちろんのこと、異なる専門分野の講師や演奏家、演芸家たちとの交流の中から見出した自由。さらにはまわりに何もない大海で得た思索と句作のゆったりとした時間の深さ。それまでよりも一回り大きな時空の中に自分自身を置いて考えるようにもなった。

一方、現在、九十歳をはさんで我々の両親は健在である。そのことも大きな励みになる。両親たちからは、幸せとは何か、人生の大事とは何か、がおのずと伝わってくる。振り返ってみれば、私自身は、石原八束、文挾夫佐恵の二人の先師からも、俳句のみならず生き方についても深く学んできた。さらに、昨年は二人の孫にも恵まれた。小さな命が精一杯に生き、若い夫婦たちがそれを懸命に育てている。共に無上の有難さを感じてやまない。

「いのち」を万物について考えるとき、原発、兵器、環境汚染など、是非ゼロへと収斂させたい。間違っても、他国に売込みに出かけるなどあってはならない。自分の国を大切にするとは、相手の国の人々をも同じように大切に思うことである。異文化の国の人々とも少しずつ交流しながら理解を深めていきたい。同じ人間として共感し合い仲良くすること。身近なところから始めて平和への小さな足掛かりにしたいと思う。

俳句に話を戻すと、私自身は、それらの基本的態度の上に生活し、俳人として自由に文芸的試行をしながら、俳句の世界をさらに開拓していきたい。私自身にとって、俳句は「文学の端くれ」である。私を引きつけてやまないのは、自然や風土の中で育ってきた最短定型詩の、感受性と想像力に満ちた「詩」のあり方であり、虚実鬩ぎ合う現実生活に根ざしながらも、想像、幻想、深層意識などをも内包する「総体としての人間」の自由な表現世界の多様性である。

これからも、驕らず、卑下せず、諦めず、ロマンをもって、俳句における私自身の表現領域を拓いていきたい。「我が伸びしろよこれからもすこしあれ」と小さく祈りつつ、これまで支えてくださった方々に心より感謝申し上げたい。さらに今後も、切磋琢磨し合う仲間として叱咤激励していただければうれしい。毎日を創作の喜びと苦しみにまみれながら生きていきたいと思う。

本書の刊行に当たっては、ふらんす堂の編集部はじめ多くの方のお力添えを得た。心より感謝申し上げる。最後になったが、私同様、賢愚相交える妻にも感謝しておきたい。

二〇一八年六月吉日

佐怒賀正美

著者略歴

佐怒賀正美（さぬか・まさみ）

1956年（昭和31年）、茨城県生まれ。62歳。

◆俳句歴：

学生時代「東大学生俳句会」「本郷句会」にて、山口青邨・小佐田哲男・有馬朗人の指導を受ける。

1978年、「秋」に入会、石原八束に師事。（のち、1998年～2006年、主宰は文挾夫佐恵に継がれる）

1990年、「天為」（主宰有馬朗人）創刊から参加。

2006年～現在、「秋」主宰、「天為」特別同人。

◆現在：

現代俳句協会副幹事長・広報部長、東京都区現代俳句協会副会長、全国俳誌協会副会長。

専修大学文学部客員教授（俳句創作講座）。

日本文藝家協会、日本ペンクラブ各会員。

◆句集：

第１句集『意中の湖』（1998）・第２句集『光塵』（1996）・第３句集『青こだま』（2000）・第４句集『椨《たぶ》の木』（2003）・第５句集『悪食の獏』（2008）（以上、角川書店刊）・第６句集『天樹』（2012）（現代俳句協会刊）

【著者住所】

〒176-0004　東京都練馬区小竹町1-44-8

TEL／FAX　03-6760-9873

メール　0373091001@jcom.home.ne.jp

句集　無二　むに

二〇一八年一〇月二九日　初版発行

著　者――佐怒賀正美

発行人――山岡喜美子

発行所――ふらんす堂

〒182-0002 東京都調布市仙川町一―一五―三八―二F

電　話――〇三（三三二六）九〇六一　ＦＡＸ〇三（三三二六）六九一九

ホームページ　http://furansudo.com/　E-mail　info@furansudo.com

振　替――〇〇一七〇―一―一八四一七三

装　幀――和　兎

印刷所――㈱光スタジオ

製本所――㈱渋谷文泉閣

定　価――本体二四〇〇円＋税

ISBN978-4-7814-1111-8　C0092　￥2400E